大雄

鯨向海

這位同學

致同為作者的讀者：

天眼大開之後

重返最初的大清早

重組樂園

Fans之夢（偽序）

⊙鯨向海

夜晚，突然落下飛瀑大雨。騎樓底下，商店門前，捷運出口，人們齊聚在一起，等待雨停。抬頭望去，那細雨像極了粉絲，紛紛落下，落在世間的鍋爐裡，尋找夢中偶像。

「在未來，每個人都有機會成名十五分鐘。」這安迪・沃荷的善意，你有時記成五分鐘，有時記成五十分鐘。始終不知道你的成名時間是否已經用完了。所有的陌生人磨蹭在一起的時刻，最容易確定自己的無名。假設此時一枚飛彈炸過來，或火山爆發，你的主體性將輕易地煙消雲散，你的一生將與這樣一群人一起成就這場災難事件；你將成爲龐貝城的一部分、系統的殘渣，沒有任何人記得羅馬時代的你的存在。

這樣注定平凡的你，約十年前開始上網寫詩。漸漸地，不知道什麼時候開始，美麗花朵般的日子，突然出現一些澎湃的綠色葉子，告訴你，他們是你的「粉絲」。多麼偉大的專業啊，有時連你的戀人都不願意權充你的粉絲，連你自己都不一定是自己的粉絲；他們挺身而出，搶過啦啦隊旗，心無芥蒂，高聲吶喊。

粉絲，譯自英文fans，複數形。照理說，應該是「我是你的粉（fan）」才對。「我是你的粉絲（fans）」，聽起來文法不甚合邏輯。然而粉絲瘋狂，撲天蓋地而來的時候，的確一人單數，而有萬夫莫敵的氣勢。

這些fans深知你的每一首作品。當你企圖偷懶時，他們森然出現，猶如盡責的幽靈，指出B詩的某意象已經在A詩合唱過了；責怪你擅自動了C詩手腳而意圖蒙混成D詩。他們隨意便說：「讀你的詩集，感覺你讀過我……」激情地說：「你所寫的詩和散文，不知道爲什麼就是超級合我的胃口，好看得不得了……」另一則說：「你是我的精神醫師，治療我感情上的鬱結，有悶就往你部落格跑，大部分都能順服一些我的氣悶……」也說：「每次閱讀，我一定先翻到……那首對我有特別意義的……並且，在閱讀之前，閉上眼睛，測試自己是否能夠一字不漏地默唸出這首詩……」他們甚至公然在網頁上聲稱：「你是我目前最期待的台灣作家」，使你不知如何招架是好，只得無晴無雨繼續寫下去。

這些fans可能是你熟識，更多是你完全無法得知的神祕潛水夫，隱藏在網路深海之下。到底是伙伴還是敵人？是妄想還是錯覺？他們，憑什麼來誘惑你，吹脹你的信念，使你誤以爲有了「名氣」？

所謂「完美的互動」，到底是怎樣的呢？當詩已經寫好貼出，卻宛如無人雪橇在極地裡毫無動靜——「沉默」是網路最大的罪惡；此刻若有善體人意的fans前來，表達愛戴之意……一切就臻於完善了嗎？世俗裡不免流竄著那些虛假的、刻板的、惰性的氛圍，fans就躲藏在它們之間；一不小心製造太多溢美的煙霧，使創作者不易看到熊熊火焰。

當然也有fans憑著一種「神祕主義的直覺」找到了你，把手伸進你的靈魂，留下祕密暗號；願你猜出他們是誰，猜出你自己……某些粉絲原諒你，有些並不。失聯多年的fans突然寫信來說：「原來你還栩栩如生。」他又重新喜歡你了。另一種fans寫信來要你馴服他，氣憤地逼問你爲什麼不能再馴服他。

有些人極易變身成別人的fans，認爲追隨偶像並非爲己，而是爲了與此斷代的人群火光交會，能量共享，那是一種溫暖的公平與正義；因此隨時可以犧牲自己如春雪，消融於別人的思想之中。成爲fans，你必須把自己空出來；詩人通常不輕易說自己是誰的fans；你是誰的fan暗示了你的圓顱方趾，腹地大小。多少人無心注視他人，他們終身只能是自己的粉。

你也曾遇過心儀的作者，你們是彼此的粉絲。在那分離的街角，他突然要求你給他一個擁抱。認識多年以來，你不曾眞正觸摸他的身體，雖然你夢見過許多次，也幻想過那赤裸的模樣。但你不敢想。你有點不好意思，卻伸開了臂膀，緊緊地攬住那一刻。你不知道那是什麼感覺，就結束了。許多年過去，你還常常回到那下午，那個瞬間。希望確定那是什。麼。你天真地以爲，你是更完美的那種粉絲，你們可以結束這種遙不可及的粉絲與偶像的關係，深入更爐火的境界……

　風雨驟然停了，所有的人慢慢散開，恢復成原來的狀態，甚至更加落魄。往往是這樣的，粉絲紛紛墜地，沒有任何偶像現身，這不是屬於任何人的十五分鐘。

不明宇宙射線——

孤獨的
無限的子孫
距離父愛非常遙遠

「父親，我可以對你坦白嗎？
我是G的。
我和你有多少分相像？
你也是G的嗎？」

重組

你和誰，又重組了星圖
但已不是最初
我隸屬的那個偶像團體

（如果分手是為了測試對方
確實愛你）
我也該去旅行才對

（掩飾此刻身分
需要外星生物的安慰）
太傷心了
恆星融化於胸前，隕石墜落口袋

我試圖修復這個主題
彷彿銀河系的焊接工人

悼冥王

露宿銀河之濱
最後的營地
有人不斷探照逡巡
傾全力，爲了消滅
我們的星
那就都到我懷裡來吧
此後每一個夜
於偌大的星系之間徘徊猶疑，再無人掩映
亦可低頭感受體內微光……
沒有光亮的時刻，便大膽
自封爲冥王

十強

日子轉涼，我們都進入了十強
只是更窮，更弱了
確實，所有的能量都已經用來
使自己變強……

這些幽微的變化之外
每天早晨都還是一樣認眞，無害
窗外某種眼神，溫和地暗示著
它們完全不介意
天氣轉涼，我們已是十強了。

有些怪物

陰暗中
緊緊貼著牆角，冒汗，感覺
總有什麼
在背後，默默充血，勃起
硬挺著我

窗外的天空
畫面如此生動，離奇
感覺，卻有什麼
賴在心底，要冷
老不肯飛走

如墜毀的流星

目露兇光
明明鼓脹風帆
卻放出一陣屁
有些怪物，是我
無法留下來陪伴的

深夜的病床上
任憑寂寞
萬箭齊發，噴血
且噴飯
有些怪物
不是我，應該餵養的

全蝕

沒被選中
也沒被丟棄的蘋果
於市場一角寂寞地爛著
也許最後被淘汰的竟是這種黃昏
那時我在遠方爲你站哨
火光熊熊，周身信念與無線電波
目睹全蝕之慷慨
諸神輪替如一場魔術大隱
隱於完美，不容觸碰的核心……
月色還在
是我們都將哽咽消失

尼斯湖水怪

那是怎樣的龐然
隱隱約約
曾抵達
這個時代
靈魂閃著光
頭頂長出犄角來

坐在牠們的長頸上
躲雨，躲自己的眼淚

相遇的時候
試著讓彼此明白
徘徊迷失良久以後

你我皆活在別人的魔法裡
古老的戰亂與哀傷
生活——
變形的動物園
眞正的大物
已經永遠離開

信鴿

一個平凡的週末黃昏
停佇於雕像最高點
好奇此刻你在做什麼
突然想傳送簡訊給你

一種魔法的設定
沒有交代任何原因
那些旅行
改變人生結構
把引擎蓋打開
暮色陷入火海
冰雹與閃電的交錯
傷口飛越天空

分貝升高的擴音器
火花越多越燦爛
誰敢靠近
每次理解世界幾乎毀滅

一個平凡的週末黃昏
攤開一面旗幟
點燃一支菸
什麼才華也沒有
突然想傳送簡訊給你

一種魔法的設定
我們喜歡它形式簡單
卻層出不窮
純情流露：

遍地鴿糞，守住了和平

空無

若你回頭
眼神將會射中我
我是那種在你射程之內的人
（是的，我願意）
然後我將嘲笑自己
像是大部分的時候每一夜
（能做的事情真的不多）
我把這天的傷口深深地挖開，卻空無一物。

即興
——寫給生日

一天之中最喜歡的此刻
你們皆在遠方飄移格鬥
白雲飛鳥啊，我們對彼此都是毫無隱瞞
只是不常感應，不輕易施捨
愛…戰爭…多麼煽情啊
肺葉焚燒的下午
我何嘗不想親吻潮浪，不想被鍛鍊成金剛
最後我只選擇了吃西瓜
偶爾也羞悔這些喪志的事
但隨即明白的，任憑火龍果無所事事穿越微風草原
以及木瓜如詩靜靜消失於牛奶漩渦
黃昏一再地降臨
我從來不是這個時代要盛產的果實
如同此刻的心情，變幻莫測
也將轉瞬即逝

黑箱

投幣入黑箱
是夜如此獨特
木馬無法旋轉，礦泉無法降生
我懷疑背景
音樂幽微如絲的交響
情人夢
以灰色調
暗示談到我的父兄
氣息已經虛弱
但他還是來了
三十而立
立成欄杆
大雨打在空心磚上

讓昔日自窗口離去
三十歲的是什麼呢
其實在很久以前已經抵達
也可能很多年後還是無法
投幣入黑箱
並沒有發出任何聲響
落在時代的哪個層次呢
我隱瞞自己
跟他維持這樣的關係
多麼想把他壓在無人地下道的牆壁上
靠在耳邊小聲說出衆獸奔逐的夢想
氣息已經虛弱
但他還是來了
他輕輕問
令武器枯萎
通常都是一時激情
多年以後這會否是一個偉大的夜晚？

我已經三十歲了
我隱瞞自己。

鍛鍊

穿過窗外驟雨
我的意志是清楚的
一夜冰雪，化爲薄霧
飄散在魚肉四周……
（整個時代淪爲刀俎）
於是買了啞鈴
鍛鍊體魄
（這種事情，也只敢告訴你）
把啞鈴擺在胸膛上
把你擺在心上
鍛鍊就開始了

貴人

黃昏時候，四下尋找
兩班公車司機暫停於馬路中央交談
落窗迴光小對的隔鄰
正返照著我的貴人嗎？

獨自泅泳於幽冥深夜
任憑記憶的海浪不斷拍打終至
失去了蹤跡的貴人
可能跟我相依爲木筏
一樣藉月光漂浮嗎？

到純淨多風的山寺裡
與自己的孔竅坦然相對

求取共鳴的可能
上上籤說貴人並不富貴
（甚至比我更窮困）
當夢及神蹟皆沉默無聲
我和貴人相互吹奏對方的靈思嗎？

節慶迫近，貴人從煙囪口爬進來嗎？
貴人在被夢見、被愛過之後的清晨
乘著不明飛行物體離去嗎？
貴人是快門按下
永遠失落的那個，誰呢？

那些在典禮上艱難宣誓過的千萬言語
那些在手機彼方、在鏡前空等無愛的事物
令我們各自乖乖蜷伏著
孤獨時候，就在心中
互予感動，擁抱，暗示

一次比一次靠近，比上一次更清晰，努力
成爲對方的貴人

天燈

1

夜的純粹被攻陷
最具規模的
光明的上升

在心裡沉寂了許久的消息
點一把火讓它灼痛
氛圍，是氛圍讓大量的慾望
再度拼命振動翅膀
啊，不能飛行的心願
點一把火要照亮遠方
我們已習慣在風中
不看見空氣的激動與傷亡

是這樣的年代
在雨中看不見水分子如何
相擁而泣加重了悲哀的墜落

潮湧地在不完美的形狀
畫上複雜的幾何
請天上廣闊的智慧
爲我們證明
我們也不明白的什麼

2
祂的天燈沒有和這個夜晚
密密麻麻的心願
同時上升
祂慢慢出現在衆人視覺
之外，飄進
從未有人發現的方向

然後沿著棉紙
迅雷般焚燒

在眾人來不及驚呼之前
啊
又墜回了漆黑的大地

《還有還有》

醫生開的藥方：
是你躺在我的懷中咳嗽
要我用一千里外的吻去接

樂譜上的留言：
你在琴鍵上長出那樣多的手指
卻彈奏不好一次感冒

詩裡面的意象：
是敝人無才
寫詩可以感動千軍萬馬
卻不敢動你

網路上的訊息是：
剛剛被叫起來吃火鍋
感冒稍好
希望晚上不要再吐了

最後一封e-mail：
漫長的假日將至
為啥你都不擔心我變心呢
總是只有我怕你不要我了

吻別時放下重重的行李說：
還有還有
我這邊有兩盆植物
不知如何處置

腐爛的橘子

腐爛的橘子
也想要逃離腐爛的籃子
他並不喜歡自己腐爛的鼻子
更同情被迫跟著他一起腐爛的馬子
他痛恨你揣測他從小一定也就是腐爛的種子
甚至誤解他是腐爛的粽子或者腐爛的松隆子
其實他只是無意間滾到了腐爛的位子
但他始終如一還是一顆希望自己能夠甘甜的橘子

四面楚歌的男子氣概

我坐在此處
等工人前來
馬克斯還墊在枕頭底下
卻已無夢了

曾遇過不朽的尼采
生命中唯一的幾塊肌肉
那時候的大衛像
比較硬

等陽剛的煙霧散去
德希達
不得不露出
腰間一圈無法解構的油膩

傅柯也有了
陽光長趨直入的禿頂

遠距離網友初見面

A. 天地美好篇

「別對我有太多幻想，好嗎？
……」
「你怎知我對你有幻想？」
「一般都是如此，我只是猜測
那你有嗎？」

那晚就這樣低低切切
星星非常非常親近
彷彿也在偷聽
最後兩人都無語了
好像一不小心

抬頭就會撞到他們。

B. 山海悲壯篇

「你覺得我怎樣？」
「什麼怎樣？……啊
我覺得……覺得你……
很會穿衣服。」

那晚就這樣低低切切
星星非常非常親近
彷彿也在偷聽
不知到底想怎樣
突然都墜落了
最後兩人靜靜無語
好像一不小心
就會踩死他們。

很C而且沒禮貌

仔細想起來
手上的掌紋已經為你扭曲過幾次
那些髒鬍鬚和兇惡腿毛們
會一起畢業吧
這麼大年紀依然計較這些小花樣
但確實從來也沒有抱在一起過

那些將身體鍛鍊再鍛鍊的風雨操場
背景再宏偉也抵抗不過
對著照相機露出雙虎牙說「C——」
喀擦一聲
然後再見再見

沒有人能夠倖免

所謂夢和情詩和對不起
都是易碎品
很多人被塑造成加害者
更多人被塑造成受害者

就是突然覺得
不能再被
小心輕放

謝謝你謝謝你一切就從那日開始
一起站直勇敢對著絕崖深谷小便
背後是一片鳥聲的江湖
我自覺暈眩，覺得是一個善人
（何況我們的尿尿眞的都是分岔的）
必須得到被愛的報應

從此必須愼重決定

哪些是不要輕易下跪的
哪些將用一輩子繼續
加派人手
壯大場面

譬如拿起剪刀對著溫泉裡一起淫笑說「C——」的雙人照
最重要的部位
喀擦一聲
然後再見再見

許願

我是一個苦悶的小孩
直到遇見了你
你不喝酒也不抽菸
乾乾淨淨地
沒有過去

你是我埋在故事書裡的一棵樹
我說要有妖怪
就有了妖怪
必要時樹葉掉光
在聖誕節長出襪子
你對我很好

很好

我知道你是另一個寂寞的人
哀悼這個城市
難過完了
就出現在我的夢裡那個街角
陽光最集中的地方
善良的男孩都在那裡
順利長出喉結

當我醉倒在路邊
你走過來
俯身看我
巨大的星空
我可以許一個願望嗎？

必要的時候

我們手牽手
坐在路邊
讓日夜繼續它們的疾行吧
就只有你聽到
我的心還在跳

就只有你看見我
喝養樂多的時候
還那麼像一個小孩

這裡的巧遇

這裡的巧遇多麼催眠
千里之外的風雨以溫柔關小
用整顆地球頭痛的人都睡著了
夢遊者沿著花瓣前進
此刻同意參加任何討論、比賽和啦啦隊

這裡的巧遇多麼壯烈
一個砲彈落下來，左右鄰兵都不見了
藉著火光問候倖存者的名字
經常我們炸飛了門窗、衣物、自己
誤以爲可以攻陷至永遠的境地

這裡的巧遇多麼魔術

大霧中所有的湖面
全然與我們達到了和諧
啊，如果此刻突然放出鴿子
如果此時突然結成冰雹

這裡的巧遇多麼安靜
一球一球地打，一箭一箭地射
（什麼掌紋都願意，什麼革命都可以）
孤獨地蹲坐在
想像的角落裡
多麼斑駁，我有一個愛你的祕密
多麼絕對，我有一個愛你的祕密

這位同學

今天的海好美啊
對一隻貓
默唸三次
陣陣溫柔小潮紅
突然下車折返
想去你家
把你撲倒

微風中肌肉骨骼
一起感動
關於露點
我會誠實
也會記得關門。

大雄

我擔憂你爲什麼要存在
如果小叮噹已經不在了
春天，多啦A夢變得非常可疑
你是爲我而留下，而生花的嗎
我們都在尋找上上個月，
上輩子，夢見的眼神
都在交換今天你怎樣。你的鳥怎樣
你的肌肉又怎樣。酒館與月色就是那樣
可疑人物也是永遠這樣
像是鋸子一樣，一個鋸齒輪過一個鋸齒
於那些多孔洞，唯獨無愛的
網路，停頓片刻，轟隆隆，你偷拍我
俯視我（我是那個B夢嗎）。你提醒我

是這樣的瞬間，星星掉下來，擊中耳垂
鑲住一個黯淡無光的時代
在弱肉強食的街頭，阿彌陀佛已經不在了
這樣絕命努力地路過、相遇，並肩抵抗整座茫茫人海
開釋我，又爲我頓悟，這是爲什麼
你的褲子一再掉下來，終結了所有
稍縱即逝的夢境——
啊，我的寶殿。

紀念

我亦像個賭徒
於冬日的深田，西天晚霞處
鮮豔的愛情
滴溜溜旋轉，近乎宗教
且看命運之蟲最後
飛至誰的頭頂
夜風中，默默停下毛髮與詩歌
像完美的罪犯
誠心誠意，且永不後悔
此刻世界無限可口
我曾認眞地種過草莓

那晚的魔術

你最口是心非你最不肯吃虧
就是那個夜晚充滿想變魔術的感覺
往前一站雪就停了迴光返照傷感頭也不見了
其實我始終跟在你後面像雙人舞像活見鬼
這感情是最後一根火柴擦亮了那夜的星空
而我們的乖乖與蝦味先全被迅猛龍吃掉……屁啦重來重來
好好你擇偶條件最高嘔吐條件最低
你說你要走了當時我確實跟在你後面
把自己變大象變小丑變成你的圍巾變你的腳印
變出一輩子的初戀也就是色情的極點。

裸睡

——「蓋更高之壯志，在裸體而行。」（葉慈）

暗地交錯的枝椏
令人害羞的月光

那些不爲人知的孔洞
忽然運行擴張

我盡量不去碰他
他也不敢碰我

片刻的寧靜
陽剛，難懂

尾隨你進入公共廁所

——「發現星球，和逆風航行的人，我仍願意以詩歌做出和他們相同的事。」（拜倫）

大霧中
也是會有幻想的吧
趁著還有很多很多愛的時候
尾隨你
進入公共廁所
風衣深處
星火晃動，百般不捨
可是一把凶刀？
可能是一座不敢打開的櫃子
脫下彼此鞋子
遲遲無法升空
感覺到有人

儲存在馬桶蓋上的體溫
不知覺的時候
褲襠裡已經塞滿了事物
聆聽周遭便斗，狂風暴雨
不知道下一刻
誰將敲門進來
短短幾秒鐘
留下了這個夏日
最豐沛的作品

四腳獸

春天到了
忙著在遠方草地上
替我們打開晴空
沿途萬物皆盡拋錨
連鞋帶也掉了
可是仍欠世界一次裸奔
微笑吧
關於這個夢
快點跑過來，要不要試試
這裡的三明治？
此時，一些冷霜對於
進出有所幫助
不由自主地吟著
一瓶葡萄酒塞住我們的嘴
接下來
就是永恆的藝術電影

溫柔

溫柔。一種無盡旋轉的微波爐
我有空的時候，你都沒空……
窗外漆黑一片，如獅子的鬃毛
團團圍住了重點部位
孤寂。像藏在後院的小貓
怕被發現……唯有更深的夜裡
某A片。如一朵花，波瀾壯闊
難以企及之美好
暗示。我想知道此生，存在著
更重要的事

誘僧

今天依然是一個和尚
每個人都是

佛光普照的中午
袈裟深處寫滿了經文
昨夜又是誰
在夢中敲響了木魚

沒事就上街頭遊行，爲愛化緣？沒事
就誦經給遠方的極樂世界聽

一瞬之間，沒有矯情
可以對任何鬼怪誠實

就是所謂頓悟了吧

肩挑過一座座沉重的廟宇
掩不住溫暖多汗的身軀

再往前走
就是雄壯的佛祖了

你總會有情人的

你總會有情人的
不要露出悲哀的樣子
這通緝看不見近乎透明
在很久的以後，必然
就變成了歹徒
也許就下一刻轉彎
默默底喜歡如地震小晃勃起
誕生你的愛情於這樣的文明

你總會有情人的
當多年以後
悔恨的鱗片在鏡前閃爍反光，你想著
如果能回返最初的夜晚

觸動繁複的繩索，拉開迷團似的帳棚
第三隻眼仍注視著
安靜的動物奇觀
獨角是一封神標誌應無問題
羞澀引發森林大火在深山裡面
默默垂下你誕生於這樣的文明

而你總會有情人的
儘管如此，這首詩不便存在了
卻至少會有一個情人
忘了自己也要記得你
曾經霧氣奔流草葉翻飛
一種輝煌是
無聲小晃的地震般緩緩勃起
但穿越密雲垂下你的愛情於這樣的文明

金山海灘斷木分手之戀

一覺醒來，已到了盡頭
戰爭都埋在蕈狀雲裡了
哎哎，全世界的大雨
不斷強化透明的釣線
只求鉤住這最後的黃昏
動盪秋日，接連做完了一百個仰臥起坐與伏地挺身
傾盆的什麼，藏在筋脈之中
落葉紛飛
但我的體重是自由的
洗完溫泉，也蹲過了馬桶
站在海平面上
聽那些劇烈咳嗽的風聲
從未如此寧靜的感覺

我的眼淚是自由的
他們游過更深更廣的海洋
才抵達了我的眼眶

青年公園泳池所見

1

無可能聯絡的
美好夏日午後
雄厚的臂膀
交換潛艇的傾向
我們越游越遠，產生了詩意

2

泳褲邊境日光湍急
熔岩巧克力
在翻身之際
偶然相撞一起，重新
回到了肌肉的主題⋯⋯震顫，

是年輕的風聲吹過
水花永隔，再不能回頭

3

蛙鏡外雨聲波浪
缺少國界，不斷前湧
反覆調整夢的態勢，愛的頻率
整個世界聽的歌已經生鏽了
彷彿當時天色陰暗
高樓群陷入沉思
一片不忍卒睹的昏昧力量中
你的泳姿如許明亮

4

一個人有幾座胸膛
可以不斷獻祭焚燒？
投下全部的補給與幸福

幾已無事可做
靜靜漂浮在長泳道正中央
愛情宛如父親
向我描述春色

5

對了，上次見面
忘記向你表明胸肌
而今我穿著泳褲一無所有
帶著僅存的想像力
在崖上踱步，旋轉，遲疑
前方已經沒有鯨豚了
把巨大而英俊的詩男
打回原形，那種日常生活
也不過隔了一條街一個昨天
貨輪和酒館一起沉了
過了十二點

誰還來管我們坐在哪一個台階
說的是什麼口音的粗話
罷了，罷了
浮油，菸蒂，白化珊瑚
那些用小腿踢濺起
用手臂划出來的詩句
終究是寫壞了

6

雨水奇幻的一吻
預知了海流的方向的
我們的父親
曾身處同一座亞特蘭提斯
如我們這樣全神貫注
形成一個泳池
仍像遠古的男人們
在每個角落游動

偶爾狹浪相逢阻擋去路
打量彼此
肌肉、傷痕以及狩獵物
大汗淋漓的一吻
使我們鬆脫衰老
看清了這泳池

7

這裡充滿了海嘯
潛藏的野心：
泳帽，某種當王的慾望
關於如何用自己的泳式創造更好的世界
於幻想中直立起來衝浪，從荒謬的腿毛開始潮退
裸露一大片衰弱者的美夢：
風光是同坐在那邊，眼神所及
什麼都不敢，都不碰
卻有了情結

與感動。

8

深水炸彈
炸開的靜夜
這泳池
是稍縱即逝的星光
懸浮天地間
不爲任何事物悲傷
盡頭就是瀑布了
鯨豚躍出水面那一刻
青春鬆脫衰弛
搖晃一種眼神
來不及挽救
就沉下去啦，噗通……
我們有過最壯麗的漣漪

9

我感到困惑了
所謂戰線的延長
這座泳池是否眞的存在
跌坐在水底
無法寫出的那種感覺，那氣味
本身也是無知的
或許有點累，或許驚訝
或許覺得可鄙
更多時候只是完全俯臥著
如天狼星，在千里之外守護著
孤單的銀河……如青年
守護這公園，這泳池。

致同為作者的讀者：

聲色俱豔的大遊行之路上，消除永夜
及時用一首詩，七步登入練習
神祕蛇籠拒馬質地
如果有悲哀，也是我的吧（日取其半，萬世不竭……）
這個秋天你最無害
是的我掩耳按了你的鈴
但不准許回應

近日無詩

裸著身體
如一顆方糖
沉浸過往之間
超越那些咖啡牛奶
怦然心動
浮出大海

有雷

第一次見你時
怕怕的
怦怦跳之心
彷彿隨時會死

明知
那擁抱((有雷))
而
亂入

下一位

下一位也是沒用的
下一位只會讓你客滿，不會爲你不滿
下一位至少不會，在深夜
爲你燒錄色情片
下一位絕對不會看見你，瞬間
拳頭也微笑，流淚……變態貓
下一位不會晴空萬里爲你
阻擋冰山，飛鳥屎。下一位不會
不會爲你逃兵，不會爲你縮小腹，不會爲你赤足狂奔
追回夜晚的垃圾車。下一位
也是沒效的，因爲下一位不會
假裝窗外粉絲洶湧
當你氣急敗壞大喊：「囉唆什麼，下一位！」

彷彿被三振，擊昏，打碎……不會為你
把凡破裂的無論花瓶或金缽一片一片拼湊回來解圍
下一位不會，不會的，不會等春暖花開，重新
立正站好
成為你夢寐以求的下一位

水準之上

緊緊擁抱
跳下去就沒事了
萬一還是有事
沒跳過怎知
我們沒錯
縱使低級
還在某種水準之上

造雨

那人不像是你卻讓我想起那個夏天
你以本人出現你的本能是造雨
胸膛如天空橫亙窗外都是你的茂密
漸次緩慢盛開翻個身就要結束青春的寂靜，是啊
毛茸茸依著理想國的軌跡噴張烏雲你的天才是造雨
血脈密布使萬物流動變性
卻永不穿透絕不落淚你殘酷的本事是造雨

恐龍

又是一個能量充滿的放雷午後
於對方閃光籠罩底下，交換視訊
神祕無悔宛如十六歲春天的裙裾
十七歲盛夏之無袖背心
因太感動有那麼一刻幾乎相信
大家必然都是前世的戀人情獸
窗外草葉似的巨雲，濕漉漉將至的黃昏
古老的場景而感到科幻的新意
用光了今生全部的衛生紙
純種宅男，午夢剛醒
輕觸鬍碴，按錯一個鍵而猛然
斷線
回到了恐龍的爪趾底下

淡季

兩個人行走在MSN的曠野
（忙碌）（離開）
無聊感傷的念頭，一前一後（外出用餐）
在那一天相遇了，在那一天（線上）
變形解體，交換彼此照片
特意解釋因爲所以
有時傳訊較慢，眞是對不起……之類的
（馬上回來）
空蕩蕩的山谷，空蕩蕩的播放器
鼻音的，寂寞的召喚
（通話中）
毛髮長得特別緩慢
某松針般的觸鍵，雪意以及五點鐘
（忙碌）（離開）（馬上回來）
此刻最好的回應……
（顯示爲離線）

通關密雨

千錘百鍊雲霧繚繞
幽暗室內絕望燃燒的嗯嗯
一次下午就是一個斷代
燒成骨灰的房間
這敘事者的口吻像是情詩截尾
棄所有幻想而去了……殘念
於窗外繁複龐然的意象合奏裡移動
眾人歌頌的時候他快死亡
蹲坐諱莫如深的角落傳送簡訊
你在你的泉湧之地
隨便亂說滿嘴唏哩呼嚕自有辦法
世界破滅之時風促雨急
病房皆被封鎖斷電浸水桶
從此不再眞情流露
一度彷彿雨勢已經和緩
某派的感動正要滂沱
我想我應當也是個濕人。

敗北

於夢中勞動
人們以爲他是懶惰的
他是秋天等待贖金的落葉
他是春日窗前誤會的花枝，唉

未嘗不想把一切砍掉重練
鼻涕與眼淚倒流
某哀愁，從胸口滑落
也沒有從此趴倒在哪個黑暗的地方
他還是自己
一夜裸體，無數閃爍的慾望
挫折啊，悲憤啊
這就是人生。

是啊他仍是一個詩人，堅強而深情
仙鬼的美德與非羅患不可的絕症
那些青春愛戀忽遠忽近
以爲這樣的詩亦是犄角
他的深藏不露
卻屢次被當成了豬頭

恐怖箱

今夜又起大霧
月色如純白的檸檬
今夜是一個恐怖箱
我在連續被驚嚇後
三點全露
變成天生的詩人
今夜又起大霧
月色如純白的檸檬
月亮是一個恐怖箱
我的愛是暴露狂
然而宇宙只是枯坐著
我曾站起來，望向窗外
趁時間的獄卒分心時出其不意

使自己越來越恐怖
今夜又起大霧
月色如純白的檸檬
我的詩是一個恐怖箱
輪到我去嚇別人了

那些註明為學長留給學弟的筆記

●

那窗外紛紛的銀色鬍子
面具是無敵醜陋
底下的臉卻是美麗的

三十四歲也無法觸及的十七歲代表作——
就是那個初吻
使我突然讀懂了詩。

●

在捷運偶然……緊靠著
一人之手臂
便知曉了……遙遠的另一人

而我們都是
同一派的

●

曾看到獨角獸
突出遠方森林
隨即又消失不見

●

匆匆趕到這斷代
音層震動如此厲害
蓬鬆的光澤
悲傷與膽量一起變小
教堂般的盥洗室裡
跪在馬桶面前
我嘔出

一座大海

●

漫漫星光，關於失眠
反覆韻腳與節奏
反覆憂傷的鋸子，吱吱
偷偷鋸下他人美夢
整個世界倏忽，翻身驚醒
斷成詩句——
我靜躺不動，創造較小的邪惡
當然也是神之一

●

時間一到，開始裝箱
對方很快
展開了偵訊
力量強大，剝落層層燙金

登機口緩緩開放了
二十九歲帶著九十二歲的行李
人們無翅，卻爲什麼
橫越千萬里？

●

唱歌、大笑、游泳
呼完口號後一片寂靜
假日午後移動的海面
到處去浸泡他人溫泉

沒有球評的夏天
資源皆已用盡
整個時代如一首短詩
有人忽然已經自稱教練

●

你睡過的棉被
仍使我感到安慰
拉上你的拉鍊，瞬間
已讓我覺悟
這其中有嚴肅的草原
我只是不小心路過而
震撼了河馬，水鳥也不禁
落下可疑的糞便

●

鬍子冒得很快啊在ＭＳＮ上像我們這樣長期無害
從沒被掀開過的馬桶的自以爲
可惜不是我們我們不是屁眼
我們只是屁

●
革命前夕
世界已經客滿
我
是唯一的不滿

●
身旁的陌生人都熟睡著
有光影，也有雨漬
當愛像是水母
浮起來的那一刻
我們都不知道怎麼辦了
是眞的悼念它們
所以拿出擊碎器

●
冒險的詩人總是

用大粒的
螢火與鬼雨
裝飾別人的夢
此生點點
往往
沒進半顆

●

當心底大雪，有數千航班因而取消
你遠不止如此我們遠不止如此
不如夢見一起到荒島上去

●

曾經深愛過的那個誰啊
仍密不透光擁抱著
於天色永遠暗下之前

●

整個冬夜冰雪漫長的警戒
心底的廣場，暴動著
不掉出一滴淚

到時，你將不再認爲我是騙子
連我也相信了自己。

寂寞的初秋大滿罐

寂寞的初秋
靜靜喝
喝了
潮浪倒退
兩百年
至秋天的最前線
非常悠閒彷彿
置身颱風眼

會不會只一瞬間
無糖
無熱量
秋天剛滿出來

某個巨大
哀傷的馬桶
一不小心
按到
失手
把我們永遠
淘汰了

有人就在大海彼端
靜靜喝
喝了
於天空翻滾
寂寞的初秋
大滿罐

天眼大開之後

灌頂內在的樂園
筷子湯匙了然
於胸臆之間，隔空取物
任意彎折
與意志相契

快樂是死後
有人突然從背後蒙住眼睛
仍堅持要我們
再猜一猜

舊日理想

身為一名單槓手
哪裡掉落
就從哪裡再上
我會不斷空翻
直到把你帶回來

象群

又出現了
象群
獻給世界的情詩
可大可小
大如
草原上的象群
小如
草原上的象群

躺在萬鈞的腳底下
我已窮盡了目光
去抬舉牠們
有什麼用呢

「從來沒有一首詩阻止過一輛坦克」

又出現了
象群
牠們受到驚嚇
想逃離這首詩
一陣激馳過後
全世界的草原被踏得更扁
而意外擴張了
我的深情

註：「」from Seamus Heaney

消逝之晨

白瓷衛浴之間
浪濤般響著
那幽靈
閉上眼睛
是淡淡汽笛聲
夢的潤絲精

交替飛行
於昨夜星空的螢幕保護程式
其中一隻蟲豸
永遠顯示爲離線了

拿起牠的空殼貼近耳朵

漩渦越縮越急
發出低鳴
小小的排水孔通往地獄

營養學

同學們
吃什麼
就是什麼
飯桶
不是一日造成
睡眠
夢的屠宰場
有些情婦
聞起來
像木瓜
牛奶
男孩如何
壯大他們體內的

獸

戀情有時結束
全世界
只剩下你
和一盤生菜沙拉
健康是
維他命
不可知的排列組合
A、B、C、D、E……
誰哭得好傷心飢餓？
回頭一看
不斷搖晃著可樂瓶
用漢堡堆疊而成
油膩美好的
青春期
整個台灣
每天要吃掉四十萬隻炸雞

對不起
非洲難民

瘋狂前的那個世界你愛我嗎？

不如放下
手中報紙
深深吸一口
整座島嶼
迸裂的花草香
不如在莫比斯環狀的
遊行隊伍中
公然瞌睡
遠離電視上的政客
絕美的民主下午
任憑髮鬚一根根
自由飄動
不如探出窗口

以蟲豸般的複眼
重新目睹
我們仰賴的天空
純潔雲朵
依然漂浮
不如，是的
就這樣拉開拉環
張嘴大聲唱
連塵埃與鐵鏽
都有遼闊的感覺
不如慢慢
就停下來了吧
一雙長久對立交戰
失去方向的翅膀
終於抵達了的廣場上是啊
無數等候的臉龐
陽光底下，沒有寶藏

也沒有銅像
時代的鐮刀是啊
毫無預警地一陣冷風吹過
咻咻～颼颼～
就要將我們的一切
收割

莊嚴氣氛

長年居住於精神病院
黑暗之中
有人試圖認出我來
我的疲憊如千百道噴泉
偶爾僞裝成兒童，緊握彩筆
混入大自然寫生
那些埋在內心深處
一百年也不會腐爛的東西
忙著鍛接彼此夢境
日復一日的捷運站
當窗外突然湧現樂園
忍住不笑
就會出現莊嚴氣氛

隱形

公元兩千年
最後一個雄偉的下午

幽暗的心之震央上
蓋出這危崖般的城市

天使於遠方角力
那不是人類可以贏得的勝利

此刻是在哪顆星球上？
假裝愉悅，閃著金光
使一切更加不堪

鳥獸彈跳，山勢縱走
到處都是崩塌者的夢的瓦礫堆
需要更多雲梯與救生員

只有沉默
可使我們完全隱形

101

偶爾從微渺
日常生活裡
抬頭
向上看
彷彿有時
也還企圖
在雲霧間偷偷施工
再度行走
一隻沒有頭沒有身體
沒有另外一隻腳
孤單站立
累壞的
機器巨足

以外星妖物般的暗影投入
此城一片光亮的景象……

人們內心的金剛
與蜘蛛人
總有一天
都會爬上去

靜坐

不願去睡，撐這夜色
時間不夠琥珀
慢慢凝凍
它死去的昆蟲不夠
哀傷此時代的一日
耗損更多貓頭鷹
慢慢轉動星空270度
牠們的眼睛不夠
明滅著願望
於夢的神木群中靜坐
靜不下來
我從不敢追求
共一種未爆的幽靈

使我們互撞這一天
於火光上
灼炙了一次又一次
此夜的魔毯
充滿了別人的靜電
僅僅為自己哀傷從來不夠
撐這夜色，不願睡去

藍馬店

1
——致那年的螢幕保護程式

走了，搿
即使是虛擬的朋友
也能發出點聲響送你

同坐MSN兩端
談及黃昏，網頁忽變時
齊奔進風與火的世界

遙遠秋日廣場，被判死刑的巨人
對著誰的視窗輕呵口氣

留下了一個大雪之夜

2

於藍馬店模式
網路匱乏，紙本也沒有的事物
存在你我心中

那日的觸角盡情伸出
電訊奔流宛如亞當之指
幾乎就要接觸上帝

某部分的我是怕你的
你的伺服器也經常嘎然而止，不知所措
夢之上游
卻這樣就好

唯飛簷走壁之時

突然掉下來
忘了自己是誰
此類凶案
我們抱著馬頭哭了

致死亡的嚮導。普拉斯

萬物倒數此刻
同感酷寒與溫暖的最後一日
緊裹圍巾和毛衣
遮住獨角及第三隻眼
夫人，您需要任何幫助嗎？

此次的失敗又是盡善盡美了
您再度活了過來
於這些一再懷念您所擅長
死亡技藝的劇碼中
長裙拖曳，悉悉作響

黎明愈滾愈盛

誰的白色顱骨如此壯觀
而您推下的雪球是感傷的
這峽谷深淵似乎永遠
都能繼續承受這些後果

而今我們得以圍聚在一起
拼湊巨神像
光芒絢爛的您碩大之器官
裹在風雪最深處
正朝向我們而來

您的死無遠弗屆
死了多年，依舊活到今天
每個自殺者都是您
溺斃在同一條河裡無數次
也無哀愁可解

紅髮自灰燼中升起
高熱103度祝禱
這春暖花開的世界
落幕時，全員哭泣……唉
您的旅行團，怕是眞要成行了

重返最初的大清早

春天了
被同一種光線籠罩
沒有去過的駕駛艙
在隱隱發動著
螺旋槳上，你的喜樂哀愁
必然累壞了

你今天早上還想在窗外學鳥叫嗎
我多麼願意爲你獻上我的翅膀

遠洋感覺

躺在這裡
靜靜地
漫步、閱讀、嬉戲
吸收著海風
也被
這片大海吸收

這古銅色皮膚
漸漸變成
沙灘的一部分
不知道最終
誰會讀完
這詩？

其實也是不必要
一定落到誰的心裡

打開彼此詩集
裸露害羞的簽名
下一陣浪花，下一隻飛鳥
誰將轉過頭來偷看
那是善人或者壞人？
也是不重要的

就躺在這裡，萬頃拍岸後
海的反面
有靈光乍現
然後
徹底消逝……
不需要向任何人道歉

薄暮之光

枯枝折斷了
茫茫飛散的星
被扔進晚霧中
其實睡不著
或者在夢遊
或者比不上瞬間仍記得
盜汗
開燈
把什麼釋放
是你，我想那應是你

初次相遇那晚那首詩

你會爲剛剛消逝的上一秒感傷嗎
你會對我們今晚的對話感傷嗎
你如何感傷尚未失去的事物呢
如果我們都正在逝去
如果這首詩就是我要失去的全部
我們豈不是都該感傷
如果你竟然完全不感到感傷
那不是最令人感傷的詩

氣象播報員

最近產生了感覺
最近經常夢見你
離開以後，就剩下那隻
在大雨中繼續飛行的蒼蠅
這是非常孤僻的專業

最近經常被冰雹擊中
最近吸引了強烈颱風
一朵從地獄升上來的烏雲
最近的想念那麼多山崩

窗外有遠去的雷聲
最近的月光是蘇打冰淇淋

最近的黃昏聞起來像木瓜牛奶
熟睡中的猛瑪象，最近產生了感覺

最近夜晚有看不見的彩虹
最近經常夢見你
冷鋒無聲掠過窗外的鏡子
同時關懷了詩人與流浪漢的頭頂
最近的孤僻非常專業

自己想像的愛情

——「如果有多一張船票，你會不會跟我一起走？」《花樣年華》

不會的。我不會
跟著你的瘟疫
蔓延，客死異鄉
我要爲你永遠
守住這莊園
每個季節爲你
慵懶假寐
爲你開窗繽紛
無論這次你
是觀光客或歸人儘管什麼
也不用留給我
我要穿著你最中意的衣服
寫著你最喜歡的詩

四月

遠遠的天色
襯著你的感覺
如果你感覺依然
像四月最深的墓地
我將不再說一個字

如果你也感覺
幽冥的光圈
曾經微微開啓
靈魂再不能
堅守在身體裡面

轟隆隆

雨水
觸下那個鍵
與祂們的快門合而爲一

明知道是
失敗的作品，我願意
站在你身邊
且永不更改我的表情

就坐在馬桶上等待

如一名領航者
困惑於
整間廁所，接下來
將漂流到哪裡去

在此永恆片刻
所有過去和未來的感觸
用力，凝聚成一團
「噗通！」
發出驚人聲響

就坐在馬桶上等待
那並不是最壞的
馬桶深處
有更寂寞的世界

在那個我們所不知道的房間裡

當時年紀輕輕，已經去過許多地方
山川愛我們健壯的喘息聲
仔細瞧瞧，十七歲呢
沒有地震，沒有未爆彈
鐵橋也沒斷
心裡的宮殿是溫暖的
熟睡著一個王子

在那個房間，我們所不知道的
窗外整座島嶼正在飛走
我們也曾終日搖頭嘆息，把自己搖成了
一陣陣幻影
每每在臨睡前與那些舊日理想，訓練我們的夢

一起垂懸風中
夜深如大海，彼此提醒
關於衝浪的事：
「總之，我會好好的
請你也不要死掉。」

然而在那個不知道的房間裡
我們都曾用孤獨深深傷害過別人
任憑時光的飛雪，靜靜墜落成碎片
只爲了猜一句話
守候如一座泥濘的動物園
困在籠子裡，遲疑不前
苦苦猜不出那句話的我們
猥瑣如露毛的猩猩
心事重達
一百隻瞌睡的河馬
於是在那個我們永遠不知道的房間裡

有人只想輕輕掩飾，卻不小心鎖上了門
使我們成了那種
一輩子
都善於猜謎的人

曠男

一位曠男
緩緩騰空了
晨光想要消滅他
他是個好人，景觀優美壯麗
讓人忍不住想要攀登
想前去掃墓
一位曠男
飛啊飛啊
如墜毀的隕石想回返天際
在跌跌撞撞中
得到了體悟
清明以後，就不再見面了
月光想要消滅他

黑漆漆的那裡
失去愛的他
再沒有人懂得他的訊號
而他是個好人
維持景觀優美壯麗
朔風野大
空無一物

小事

記得那些
鏗鏘的夜晚
將刀叉藏起
春霧的感觸
就落在濃密的秋草上
因爲一些小事
用濕紙巾擦拭身體
因爲一些小事
轉入冬眠
微妙而朦朧
在床上相識，而笑了
窗外風暴靜靜的
太多死亡了

疲勞而悲傷著
而它們不知道
我們的擁抱
竟是不相愛的

防颱準備

謝謝你幫我
把音量轉小
把夢的臉色開啓
詩都寫好了嗎
整個房間那麼虛弱
風雨就要來臨了啊
至於某些雷電的碰觸，雖然意象萬千
卻比不上那個字強颱般的隱喻：愛
眞的，你該當得意
人們偶爾說起你，說起
你離開好久了
你把詩意留駐在時光線上最令人屏息的瞬間
一百年後他們還是喜歡你的詩
我確定。

這是他最後一天開

我看著我的鬱金香
這大概是他最後一天開
整個下午他越縮越小
去掉了所有雜質
我想再陪他十分鐘
用我沾霧的鞋
青春惆悵搖曳
卻只能到此爲止
眼淚落下
我懷疑他知道我嗎
冰凍天氣將持續到三日之後
無端襲來的香氣
罕有之靜
我的鬱金香最後一天開

樂園

我的病人
你雙手扶膝，坐在我面前
懷念著，一種再也遇不到的熱情……
我覺得你沒病。

你說當你被遺忘在黑暗之中
瞪視著星空的螢幕，彷彿閃爍著停機公告：
「抱歉，你查詢的樂園並不存在。」
一滴滴一點點，每日的厭煩，都在壯大
即使靜坐家中也有
突如其來的
地震，海嘯與煙火……

「據說樂園，一定遺留了某種能量
以不同方式顯現出來……」

你信了，徘徊在那些毫無希望的街頭
像一隻狗，被車撞了之後，在衆人驚呼聲中
搖搖晃晃，依然站了起來，繼續往前走
多麼希望像是散步一樣
意外走進了樂園……
我覺得你沒病
我們都沒有。

祂只是不讓我們知道
我們已經身在裡面。

重組樂園

◎鯨向海

《大雄》是我的第三本詩集。有人或許喜歡「大」，有人偏愛「雄」的部分，這些都沒有關係。大雄不是一個勇敢的男孩，他怯懦愛耍賴，老被欺負；大雄也是一座宏偉壯美的寶殿，色即是空，空即是色，無罣礙故，無有恐怖，祂充盈令人屏息的宗教氣氛。現在它是一本詩集了。

藤子不二雄漫畫裡那個大雄，甚至林夕也曾歌頌：大雄乃「絕代情人」。大雄是遙遠美好樂園裡的靈魂，大多數人都跟他有幾度閃光，一份詩意。只可惜大雄跟宜靜們都會老去，被逐出樂園；有的在網路上搞拍賣，有的忙著自拍。離開了幻覺行列的大雄，他的A夢沒有了，他的B夢呢。如果大雄也寫詩，也許就會出版這樣一本詩集？

重返樂園是不實際了，也許我們可以重組樂園。這些詩在部落格發表時，最初原是另外模樣，經過長久鍛鍊，終於合體變身爲絕跡的樂園——宛如那些散逸大氣之中的靈感與意象，從未失去，端賴我們晝夜操勞將之組合辨識成詩。每首詩皆是樂園；我輩在其中探照逡巡，充血耍冷，又復被逐出樂園。寫詩是對樂園的永恆追尋，每次的動念通感都是對樂園的一次重組冒險；我們建立無數樂園，以逼近眞正燦爛不可能的那一個。

心理學家Dan Kiley於一九八三年提出「彼得潘症候群」（Peter Pan Syndrome），用以代表那肉身已衰、思考與言行卻仍像小孩般天眞的人。彼得潘和大雄皆不想長大，不斷重組樂園，種植草莓，喝養樂多，忽然壯年忽然孩童；有些學者更重組出一個新字「kidult」（kid + adult）來稱呼這些具有兒童心態的成人。然而詩歌最美好之處，不正彷彿時光機與任意門？——順著佛洛伊德的想法，遊戲時每一個孩子的舉止都像是作家，作家所做的跟遊戲中的孩子一樣，是創造幻想世界，和現實發生連結——最強大的詩集，都應該有「kidult」的fu。

完美的宇宙我們不曾見過，眞正的詩從未誠實露點。每日的新聞都是那些消息，選擇截然不同的伺服器與他們展開全新模式，使得我的詩乍看之下毫無貢獻。詩人是究極孤獨的，疑雲重重無法現身，不明射線使他們成群行動，爲所有古老的戰亂與哀傷，重組一時代的星圖，更歷久迷心的樂園，彷彿銀河系的焊接工人。重組乃一種療癒的方式，病人前來求助不知所措，治療者需請他們拿出擊碎器，重組自我：「我覺得你沒病，我們都沒有。」問題是：「雷在哪裡？」

想要「大」也追求「雄」，最後卻意外得到了「大雄」，我拾級而上——

忍住不笑

就會出現莊嚴氣氛

國家圖書館出版品預行編目資料

大雄 / 鯨向海著.
-- 初版. -- 臺北市 : 麥田, 城邦文化出版 : 家庭傳媒城邦分公司發行, 2009.05
面； 公分. -- (麥田文學 ; 23)
ISBN 978-986-173-509-2(平裝)

851.486　　98006413

麥田文學 224

大雄

作　　者　鯨向海
責任編輯　江麗綿
選 書 人　陳蕙慧
封面／內頁設計　黃暐鵬
編輯總監　劉麗真
總 經 理　陳逸瑛
發 行 人　涂玉雲
出　　版　麥田出版
城邦文化事業股份有限公司
台北市中山區民生東路二段141號5樓
電話：02-25007696 傳真：02-25001966
發　　行　英屬蓋曼群島商家庭傳媒股份有限公司城邦分公司
台北市民生東路二段141號2樓
客服服務專線：02-25007718 25007719
服務時間：週一至週五9：30～12：00；13：30～17：00
24小時傳真服務：02-25001990 25001991
讀者服務信箱：service@readingclub.com.tw
郵撥帳號　19863813 戶名：書虫股份有限公司
麥田部落格　http://blog.pixnet.net/ryefield
香港發行所　城邦（香港）出版集團有限公司
地址：香港灣仔駱克道193號東超商業中心1樓
電話：（852）25086231　傳真：（852）25789337
電郵：hkcite@biznetvigator.com
馬新發行所　城邦（馬新）出版集團 Cite（M）Sdn. Bhd.（458372U）
11, Jalan 30D/146, Desa Tasik, Sungai Besi,
57000 Kuala Lumpur, Malaysia
電話：（603）90563833　傳真：（603）90562833
印　　刷　前進彩藝股份有限公司
初版一刷　2009年5月
初版六刷　2018年5月
I S B N　978-986-173-509-2
定　　價　220元